아빠는 밥빠 그래서 나빠

최관용 시집

아빠는 밥빠 그래서 나빠

달아실시선
58

달아실

　시인이 표현한 것은 표현된 대상과의 간격을 좁혀주어야 합니다. 그런데 문제가 생겼어요. 이것들은 가까워지기는커녕 언어의 한계 때문에 오히려 점점 사이가 멀어진다는 것을 알게 되었습니다. 그래서 머리를 쥐어뜯으며 아니야 아니야 하게 되는데요. 바로 이런 아니야가 저에게 시를 쓰게 만들지 않았나 싶습니다. 표현과 대상과의 일치가 아니라 불일치가 제 시의 시작점이 된 셈입니다.

　그런데 시인이라는 사람이 언어를 불신하고 시를 쓰려 하다니? 대상을 그리려는 노력들을 철저하게 방해함으로써 역설적으로 그 대상을 드러낼 수 있을까요?

　이 세상에 있는 모든 것들은 자신이 누구이고 무엇인지 스스로 대답하지 못합니다. 시도 마찬가지일 것입니다. 시가 무엇인지는 그 안에서 찾아낼 수 없습니다. 이것이 시라고 말하려면 시의 내부를 감싸고 있는 보다 많은 외부가 필요합니다. 맥락과 상황이지요. 작품 주변을 감싸고 있는 구체적인 상황과 맥락 속에서만 시가 된다고 해야 합니다. 시의 외부에 있는 맥락과 상황을 저는 <詩츄에이션>이라고 말하겠습니다. 그리고 어떤 구체적인 <詩츄에이션> 속에서 시로 실천되는 것을 저는 <詩로리얼리즘>이라고 하고 싶습니다.

시가 되고 안 되고는 바로 이런 <詩스템>에 의해 결정된다고 생각합니다. 그리고 시에서 말한 것보다 더 많은 고민과 걱정으로 적극적이고 창의적으로 시를 읽으려 하셨을 때 시의 꽃이 피어날 것입니다. 역시 제가 쓴 시도 독자들에게 다시 써지고 보다 아름답게 실천되길 진심으로 원합니다.

　간단하게 말을 해야 하는데 지루한 글이 되었습니다. 이제 저의 첫 시집에 담은 내용을 소개해야겠습니다.

　제1부는 <그림詩>입니다. 표현하고자 하는 대상과 시인의 언어가 일치되었을 때 참다운 시가 될 수 있다고 생각했습니다. 제2부는 <조형詩>입니다. 시인이 표현한 것이 대상과 일치하지 않고 다를 수밖에 없단 생각에서 추상 조형물처럼 대상을 단순화시키거나 다른 표상으로 대체하려 했습니다. 제3부는 <이야기詩>입니다. 이미지만으로 쓴 시들이 읽을 땐 좋은데 다 읽고 나면 읽을 때 느꼈던 시상들이 휘발유처럼 증발하는 것이 아쉬웠습니다. 그래서 시에 이야기를 넣어 그런 단점을 극복해보려 했습니다. 제4부는 <사랑詩>입니다. 살면서 부대끼고 사랑하면서 느꼈던 감정들을 시에 담아보려 했습니다. 제5부는 <놀이詩>입니다. 시는 어떤 구체적인 <詩츄에이션>에서만 리얼리즘으로 재현되는 것이라는 생각에서 외부에 있는 규칙들과 어울려 노는 모습들을 담아보려 했습니다. 제6부는

<사회詩>입니다. 시가 새롭게 읽히려면 외부에 있는 사회적 맥락도 변화해야 한다는 생각에서 권력에 <詩비>를 걸고 충돌할 수밖에 없는 <詩츄에이션>들을 모아보았습니다.

보잘 것 없는 것들을 시집이 되어 나오도록 격려해주신 은사님이신 전상국, 최돈선 선생님 그리고 달아실출판사에 깊이 감사드립니다.

2022년 8월
최관용

아 빠 는 밥 빠 그 래 서 나 빠

2부. 조형詩

3부. 이야기詩

4부. 사랑詩

5부. 놀이詩

6부. 사회詩

1부
그림詩

찡긋찡긋 추파를 계속 보내면
반짝이며 눈 부詩게 빛나는
별빛도 내게 윙크를 할 것이다.

아버지

흐르는 강에
삽이 한 자루 꽂혀 있네.
어둠 속에서 별들은
고양이 눈썹처럼 빛나고
농투성이들은 모두
서울로 서울로 가려 하는데
삽이 그 강 한가운데서
떠내려갈 줄도 모르고
깊숙이 박혀 있네.

새 2

붕어빵 속에는
튜울립이 없다.

텔레파詩 사랑

　끝없이 광활한 우주의 어느 별에 사는 외계女가 반짝이는 눈빛으로 내게 계속 신호를 보내고 나도 질세라 찡긋찡긋 추파를 던지며 한 詩도 그녀의 별에서 눈을 떼지 못한다. 외계녀와 나는 얼마나 멀리 떨어져 살까? 그녀와 생전에 단 한 번만이라도 만날 수 있을까?

　누리호의 속도로 전속력으로 달려간다 해도 그 별에 도착하기 훨씬 전에 내가 숨을 멈추고 그녀도 우주에서 사라졌을 테지만 사랑하는 누군가를 찾아 우주로 나서는 일을 포기할 수는 없다. 별빛 같은 눈빛을 주고받으며 텔레파詩로 서로를 교감하는 것으로도 우리는 이미 남남이 아니고 우주라는 한 이불을 덮고 같은 꿈을 꾸며 사는 연인이기에.

　사랑이 있어 살아 있는 것이다. 죽어서 영혼이나마 언젠가 그 별에라도 닿을 수 있단 믿음이 있어 숨도 쉴 수 있는 것이다. 지금 숨을 멈추더라도 내가 보낸 텔레파詩는 멈추지 않고 사랑을 향해 광속으로 달려갈 것이다.

내 안의 풍경

벽에 걸린 풍경화는
바람이 불어도
처마 끝 풍경 되어
울지 않지만
내 안의 그림인
그리움의 나무는
바람 한 점 없는 날에도
멀리서 네가
별빛으로
눈짓만 해도
은사詩나무처럼
흔들린다.
바람에 자맥질하는
이파리처럼
내 안의 풍경들이
깊은 잠에서 깨어
일제히 종을 울린다.

안경

넘 가까이서 보면
네가 보이지 않는다.
그렇다고 너무 멀리
떨어뜨려놓고 보아도
네가 보이지 않는다.
얼마쯤 떨어져야 너를 볼까?
나와 너 사이의 거리
얼마쯤 두면 적당할까?
안경을 맞춰야 할 것 같은데
근詩를 쓰면
멀리 있는 네가 안 보일 것 같고
원詩를 쓰면
가까이 있는 네가
안 보일까 걱정된다.
그렇다면? ㅎㅎ.
다초점詩를 쓰라네요.

천마도

달리는 말 위에서
고삐 놓아주고 두 팔 벌리면
시인을 태우고 다니던 애마
읍참마속 않고도
함께 천국의 하늘
영원히 날 수 있다.
천만 리 머나 먼 길
고운님 업고 오솔길처럼
다정히 흐르듯 시를 쓰듯
그곳에선 타는 노을을 배경으로
나를 사랑한 꽃잎의 말
등짐으로 지고
밤새 걸어도
지칠 줄 모를 것이다.

詩크릿 가든

모두가 볼 수 있는
풍경 사진을
달력처럼
벽에 걸어놓고
밀림의 햇살에
숨은그림으로
감춰놓은
거웃 같은 추억들
혼자서만
보고 또 본다.
가詩광선 너머
왁싱을 한 낙서처럼
가詩 넝쿨 사이로
부詩詩 눈 부詩게 핀
한 떨기 장미를.

동안거

    문장은 다 지우고 안개 속에 목탁 소리만 신발처럼 벗어놓은 이유를 그대는 아詩나요? 말을 하지 않아도 모든 것을 다 말할 수 있으면 말조차 거추장스럽지요. 먹칠한 붓을 들어 흰 종이에 오점을 방점으로 남기고 싶지 않기 때문입니다. 아詩다詩피 눈 내리는 들녘에서 발을 떼어 내딛으면 살 길이 되고 법이 되는 것을 그조차 구차하게 바라지 않습니다.

눈이 오면

눈이 오면 난
참새를 잡아야지.
연탄불에
노릇 노릇
햐아. 맛있는 참새고기.
사람들은
순하고 우둔하기만 한 내가
별난 무기도 없이
어떻게 참새를 잡을까?
어쩜 눈먼 참새일 거야.
어디가 아픈 새일 거야.
하며 내가
참새를 잡은 사실보다
어리석은 자에게
붙잡힌 참새를
더 불쌍해하지만.
뒤꽁무니
싸리비 감추고
살금 살금

다가가서 이얍~.
일격에
내리쳐 잡는 참새.
이렇게 하루 종일
산과 들을 헤매고
눈두덩에 빠지면서
수십 차례 실수 끝에
눈물겹게 잡는
한 마리의 새.

눈이 오면 난
참새를 잡아야지.
연탄불에
노릿 노릿
지글 지글
햐아. 맛있는 참새고기.

낚詩

흐르는 詩냇물에 미늘 없는 낚詩 드리우고
날아가는 새의 거詩기 보며 실실 웃음 쪼개다.

목련이 그리워

입춘 지나고 일주일.
꽃향기 아득하고
봄을 詩샘하는
추위 여전하지만
젖몸살을 하는 꽃봉오리
목련 나무 아래
살포詩 눈을 감고
햇살의 속살에
지그詩 입을 맞추면
닫힌 꽃잎이 열리고
내 몸에도 푸른 새순
돋아날 것 같습니다.

줄탁동詩

나비가
허공에

꽃잎
그리자

살포詩
입술을 포개듯

데칼코마니로
꽃잎도

진하게
나비
그리네.

술잔

달은 나보다 천만 배 크지만
내 술잔은 달빛 담아도 담아도
넘치지 않는다. 아무리
마詩고 마詩어도
취하게 할지언정
추하게 만들지 않는다.

밀밭

밀밭을 지나온 바람이
제일 좋아요. 밀밭에
노을을 벗어 놓고 온 바람이라면
더욱 좋구요. 그러나
밀밭 지나기 전의 바람이
세상에서 가장 좋지요.

텍스트

나는 아이를 낳을 수 없다.
진정한 나의 의미를 가질 수 없다.
나의 의도를 수태하지 못하고
계속 하혈하기만 한다.
독자의 가슴에 눈이
말똥말똥하고 초롱초롱 빛나는 내 언어를
안겨주지 못한다.

숲속의 물구나무

숲속의 물구나무들이
빨래하러 왔다가
구름을 벗어던지고
호수에 거꾸로 처박혀
머리 감는 선녀들처럼
푸른 물감을 풀어내고 있다.

능소화

개오줌 냄새나는
어두운 골목길

수많은 사랑의 낙서
어지러운 넝쿨이 되어
벽화처럼 자라고

꽃그늘에는
발가벗고
벌렁 드러누운
숨은그림

헤벌쭉
가랑이 벌리며
웃고 있다.

야자수 혹은 오수

사과가 떨어지듯
잠이 쿵하고 떨어진다.
잠도 중력을 이길 수는 없나 보다.
파인애플나무 아래서
낮잠을 자면
무거운 열매에 맞아
황천길로 간다 한다.
오수의 그늘 아래서
주무시는데
야자수 열매 같은
무거운 잠이
내 머리 위로 떨어질까 두렵다.

달을 보았으면
동전이나 빵에 생각이 멈추지 말고
그 동전을 찌그려 보고
그 빵을 먹어보란 말이야.

돌

언어를 부수어버릴 것.
사물에 지칭된
고운 뜻을 지닌 언어
둔탁한 소리를 가진 언어
마찰음을 내는 언어
ㄱ곡용이 그대로 남아 있는 언어
오랫동안 깎이고 깎이어
원순모음화 현상이 일어나는 언어
모든 언어란 언어는 부수어버리고
언어에 대한 모든 집념을
정과 망치로 쪼아내고
그것을 도저히 언어로 재생할 수 없게 만들 것.
사물로 만들어놓을 것.
좀처럼 부서지지 않을 듯한
단단한 언어의 형상들을
깨뜨려 삼각형을 만들고
원기둥을 만들고
구멍을 여기저기 뚫어
무정형으로 만들어놓고

그리고 그것을
사람들이 많이 다니는
공원 잔디밭 위에
운반해놓을 것.

옷

내가 옷을 입는 게 아니다.

쇼윈도우에 있는
나체의 옷이
성큼성큼 걸어와
나를 입고 있다.
옷이 주인이고
옷걸이로 있는 나는
옷의 마네킹이고
옷의 꼭두각詩.

옷이
바로 나다.

새 1

컹컹컹컹컹컹컹
컹컹컹컹컹컹컹
컹컹컹컹컹컹컹
으르렁컹컹컹컹

새 3

물은 기름보다 가볍다.

마분지처럼
잘 접힌다.

불에 타면
재를 남긴다.

새 4

詩커먼 털로
뒤덮인

무골의 사詩미
칼있수마가 없다.

서슬이 詩퍼렇던
詩니칼엔

칼날은 무두질로 없어지고
퇴화한 손잡이만 남아있다.

통통한 토르소

여자의 몸에는
두개의 서랍이 있지.
보르네오産 목재의
부드러운 살결과
장식용 문고리와

아무리 쾅 닫아도
신경질 나게 다시 열리고야 마는
여닫이문과
거울이 달린
그 옷장 속에는
몇 벌의 신사복과
여자의 속치마가
서로 살을 맞댄 채
꿈틀거리고 있지.

서랍 속에는
잔뜩 새털이 뽑혀 있고
부풀려진 풍선이

터질 듯 눌려 있지.
볼록한 가슴의
캐비닛 다이얼에는
그녀의 몸 치수로 된
비밀번호가 숨겨 있고.

구겨진 스타킹과
젖은 고무장갑이
옷장의 깊숙한 곳에
어둠침침히
처박혀 있지.

색詩 의자

포근한 엉덩이 위해
사금파리 파편들이
윤슬처럼 반짝이는 색詩 의자.
해져서 벌어진 속살 틈새로
도발적인 웃음을
상표처럼
살포詩 내비치고 있는
이것은 여자가 아니다.
명품으로 무장한 핸드백처럼
악어의 가죽으로 도배한
의자의 섹詩한 누드다.

빨간 사과

마지막 잎새의
단풍처럼 붉은 입술
립스틱도 지워버리고
눈도 코도 귀도 없이
꿔다 놓은 보릿자루처럼
말없이 새침하게 앉아 있는

안으로 문을 꼭꼭 걸어
밖에서 아무리 아무리 두드려도
문 열지 않듯
입을 절대 열지 않는
인물 사진 한 장 없고
풍경 사진으로만 누드를 도배한
판도라의 상자.

그 비밀 금고의 서랍 안에는
공기 빠져 힘없이 처진
풍선과 머리째 뽑힌 새털구름만
꼬깃꼬깃 구겨져
알몸으로 움추려 있다.

석류

가詩광선의

울타리 너머

배詩詩

실밥 터진 속살 사이로

아詩詩 삐져나온 詩앗들

살포詩 웃고 있네.

46

각詩가詩털꽃

왁싱을 한 것처럼
빛나는 가詩광선 너머
햇살의 詩커먼 터럭은
너무 눈 부詩어서
지그詩 눈 감아야
보인다. 詩건방지게
말똥말똥
눈 똑바로 뜨고
직사광선을 보면
누드 사진을 보듯
액면대로 보려고 하면
햇살의 가詩에 눈 찔려
아다리가 걸릴 수 있다.
청맹과니가 되어
밀림의 비밀처럼
살포詩 피어나는
숨은그림의 꽃잎
그 속에 감춰진 詩앗을
영원히 영원히
찾지 못할 것이다.

詩조새

칼의 본질은
날이 아니다.

손잡이가 없는
사詩미는 칼이랄 수 없다.

詩커먼 털로 뒤덮인 날을
빳빳하게 세우고 있어도

가詩 돋친 손잡이 없으면
칼이라 할 수 없다.

손잡이가
날카로운
날개보다 우선이다.

모든 칼있수마에는
고깃덩어리 물고 늘어지던

이빨 자국이
틀니처럼 남아 있어야 한다.

48

자화상

멀리서
詩위 당겨진
화살로

사과를
겨누면

그것은
과일이 아니라
과녁으로
보일 것이다.

상자의 입술

상자의 입술 열리지 않도록
키스를 하지요. 사랑해. 사랑해.
꿀꿀꿀. 오~. 마이 허니.
꿀처럼 달콤한 혀를
열쇠로 깎아
자물쇠에
깊숙이 찔러 넣은 뒤
정조대를 채우지요.
판도라의 꽃잎
열리지 못하도록 아예
벙어리로 만들어놓지요.

이상한 요가

딱딱한 남자 위에 앉은
갱년기의 나른한 의자.
찢어진 다리
어깨 위에 걸쳐놓고
위험한 요가 하고 있다.
詩쿤등 누워 있는
가구의 남자에게
자신처럼 섹詩하게
따라해 보라며
삐걱이며 불안한 체위로
텀블링하고 있다.

부드러운 칼

거詩기의
칼있수마는 언제나
물렁물렁하다.
클래스 올덴버그의
작품처럼
흐느적거린다.
뼈가 없어서
억詩지 않다. 보드랍다.
야들야들하다.
보드리야르해서
털북숭이의
사詩미로
야들야들한 살코기
무두질하기는커녕
헐리우드 액션으로
잠자는 척하는
사자의 詩체
詩커먼 수염만
건드려놓는다.

책임을 질 것도 아니면서
오르가슴의 색詩
강詩처럼
벌떡벌떡 일어나게 한다.

거리의 악사

그는 통닭으로
바이올린을 켜요.
그는 여자를 벗겨놓고
여자를 뉘여놓고
피아노를 쳐요.
구운 통돼지로는
첼로를, 드럼을, 수자폰을,
그는 스케르초를 랩소디를
아주 잘 연주해요.
여자는 고통스럽고
통닭은 꼬꼬댁거리고
음악을 위해서라면 그는
서슴없이 벗어야 한다고 생각하죠.
뱃가죽의 기타 줄을 끊어버린
통돼지는 슬프고
그의 음악은 너무 생동적이어서
관중들도 금방 친하게 되었어요.
그러나 다음번에 그는
흑인 여자 한 명과

백인 여자 두 명을 벗겨놓고
드뷔詩의 詩벨리우스 교향곡을
전자음악으로 연주할 셈이어요.
침대처럼 눕혀놓고
망치로 때려 부수며
날카로운 톱날로
바이올린 활을 커대면서.

정신적인 사랑

흉터같이
가슴에
커다란 눈(目)이 있는
한 여인을 사랑했네.

나비구두를 신은 여자.
나비넥타이를 목에 졸라 맨,
세탁소 주인의 딸을
난 몹시 좋아했네.

그 여자의 집엔
스타킹을 신은 장미꽃과
구름잠바를 걸쳐 입은
수놈의 은행나무가 있고.
한 여자를 사랑했네.

목욕탕에는 욕조 같은
그녀의 몸뚱어리가 누워 있고
그녀의 옷장 속에

잡혀 온 뱀장어처럼
걸려 있는 넥타이들.

난 그 여자의 집에서 밥을 먹었네.
여섯 살 난 그녀의 조카는
눈 한쪽으로 우리들의 사랑을
의심하였고
마침내 내 넥타이마저
집어삼키고 말았네.

그녀의 조카는 나를
세탁기 속에 넣고 마구 빙빙 돌리고.
괴로웠었네. 그래서 난
사랑을 걸레처럼 버렸고
그녀도 내게 말했네. 우리
더 이상 만나지 말아요 라고.

은어

詩방새처럼
은사詩나무에 앉아
지저귀는 나뭇잎새들.
잘 빗은 하늬바람
머릿결 속으로
詩나브로
자맥질할 때
그물맥처럼 퍼져 나간
손금의 투망 던져
밀림처럼
투명하게
속삭이는
눈 부詩게 빛나는
오후의 은어 떼
건져 올린다.

3부
이야기詩

시를 읽고 나면
이미지는 사라져도
이야기는 남을 것이다.

삐쭉 은주

은주는
일곱 살.
지금 유치원 나가지만
내년엔 국민학교 일학년 될
은주는 오늘도 삐쭉.
나무 대문에
자라목을 내밀고
지나가는 나에게
낼름 혀 내밀며
삐쭉, 한다.
그래 그래 나도 한번
삐쭉 해보자.
컹 컹 똥개 한 마리도
나를 향해 짖어대고
코 찔찔 흘리는
그 동생 승옥이도
날 향해 돌 던지며
똥고 똥고 해똥고 해대며
메롱 메롱 약을 올리는데.

앵두나무 울타리에서
꽃잎이 우수수 지고
어느덧 저녁노을도
빨갛게 타오르는데.
삐쭉, 은주.
삐쭉 삐쭉 삐쭉 하고
슬슬 놀려대면
으앙 하고 울어댄다.
입에는 함박꽃 피고
동생 승옥이가
야, 씹새꺄 하며
때려죽인다 하고
몽둥이 높이 들고 따라오면
어이쿠 어이쿠
나는 줄행랑.

반장

국민학교 오학년 때 나는
반장을 했지요. 담임선생님이신
O영자 선생님은 나를 마음속으로
무척이나 좋아하고 계셔서
육십 점만 받은 성적을
백 점으로 올려주기도 하셨지요. 그래서
나는 여자 선생님의 손과 발이 되어
우리 학급의 환경 정리에 힘을 쓴다
시험지 채점을 대신하여준다
이름도 못 쓰는 아이들과 나머지 공부를
같이하며 모르는 것을 가르쳐준다
하는 일을 도맡아 했지요.
그 후 나는 선생님의 귀여움 한 몸에 받는
오학년 모범생으로서
그 매부리코 선생님이
화장실마다 옷 벗긴 채로 그려진 일에
경악을 금치 못하게 되자
할 수 없이 범인들을
잡아들이는 데 앞장서기도 했지요.
〉

그렇게 오학년을 그럭저럭 넘기고
우등생으로 육학년에 올라가
군대 출신의 호랑이 선생님을 만났는데
첫 번째 월말 시험에서 들통나서
O영자 선생님이 보는 앞으로 끌려가
하루 종일 벌을 받아야 했지요.
여자 선생님이 안절부절
어쩌면 좋아. 어쩌면 좋아.
벌 받는 날 위해 애태우는 모습을
다른 선생님들이 차갑게 지켜보는 가운데.

우리 마을서 가장 성질 더러운

아랫집 소 키우는 영감님은
우리 마을서 가장 악다구니
쓰시는 분이십니다.
집채만 한 소가
힘없는 영감님에게 덤벼드는 순간
이 쌍놈에 새끼야아.
벼락치는 소리를 지르시고
몽둥이로 개 패듯 하여
기선을 제압하지요.
그런데 우리 마을에서
가장 성질이 더럽고
가장 악다구니로
소리치는 자가 누구신지
아십니까? 누구인지
밝히면 난처해질까 봐
이름을 말할 수 없습니다만
그 작자의 마누라와 아이들
자기 말 안 듣고 속을 썩인다고
분풀이로 죄 없는

염소들을 무자비하게 패는데요.
동네 사람들이
흉보는 것조차
아랑곳하지 않는데요.
그런데 그 염소쟁이
악다구니로 가축들 때려잡듯 한 후로
아랫집 영감님 말씀.
아니 아니 저 사람
왜 저러는 겨? 왜 저러는 겨어?
그리고 젊은이 악다구니에 밀려서
그 다음부터 아랫집 영감님
조용하신데요. 젊은이 악다구니만
고요한 아침을 뒤흔들곤 하는데요.
우리 마을서 가장 성질 더러운 자가
누구인지 아세요?
알려드리면 곤란해질 것 같아
절대로 말씀드릴 수 없어요.

나는 오늘 층층나무를 심었죠

나는 오늘 층층나무를 심었죠.
우산살처럼 나뭇가지 화사하게 펼쳐진
그 사랑의 층층나무를.
간들간들 바람이 방향 자주 바꾸던
저물 무렵. 흥, 아내는
층층나무를 집 앞으로 옮겨 심으라고 했죠.
할 수 없이 나는 층층나무를
집 앞으로 옮겨놓았고. 그런데 아내는
집 뒤로 다시 옮겨 심는 게 어떠냐고 합니다.
그래서 내 키보다 더 큰 나무를
집 뒤로 옮겨 심어놓으니까
또 다시 아내는 집 앞보단 집 뒤에
아니 집 뒤보단 집 앞에
나무를 심는 게 좋다고 합니다. 나는
나무를 집 앞에 옮겨 심으며 보나 마나
그 변덕쟁이가 또 심술을 부릴 거라고
생각했죠. 역시 팔짱을 끼고 땀 한 방울
흘리지 않는 아내는 내가 옮겨 심은
층층나무 때문에 토라지고. 나도 흥,

집 앞에 심으면 또 집 뒤에 심으라고 하는
그 심보 때문에 삐지고. 그래서
나는 아내가 이쪽에 심으라면 저쪽에
저쪽에 심으라면 이쪽에
그 사랑의 층층나무를 심기로
했지요. 헤이~. 아내는 내게 말했죠.
삐용 씨. 말만 하면 토라지니 무슨
남자가 그러냐고요. 그래서 나는
삽을 내동댕이치며 그럼 당신이 직접
심으라고오오. 씩씩거렸죠. 그러자
그 사랑의 층층나무 화가 하늘 높이 치솟아
나를 뿌리째 뽑아 거꾸로 처박고
요리조리 돌리는 거예요.
이 자식아. 왜 여자한테 대들어. 혼 좀 나볼래.
하는 거예요. 난 어지럽고. 억울하고. 분하고, 아, 아, 아,
저물 무렵 노을 속으로
우리의 층층나무는
사랑의 트위스트 추며
빙글빙글 돌고.

콰이어강의 다리

아내와 저 사이에 은하수라는 냇물이 흐르고 있습니다. 그리고 까마귀 까치가 꼬리를 물어서 다리를 만들었듯이 어머니가 그 냇물 위에 두 사람을 이어주는 다리를 만들어주셨습니다. 멀리 떨어져서 서로 그리워하는 두 사람을 차마 볼 수 없어 어머니가 다리를 몸으로 놓아주시곤 했지요. 그런데요? 그러면 뭘 해요. 어머니를 즈려밟고 만나면 외나무다리 위에서 만난 원수처럼 이내 싸우고 토라지고 헤어져 어머니의 희생을 늘 콰이어강의 다리로 만드는 걸요. 피와 땀과 눈물로 만든 다리를 무참하게 폭격하며 돌아오지 못하는 다리로 만드는 걸요. 그리고 바보같이 과녹아 난 니가 무척 보고 싶다아. 하며 꺼이꺼이 울면 뭘 해요. 보고 싶어도 만날 수 없어 서로 아쉬워하면서도 만나면 토라져서 멀어지는 우리 사이에 은하수 같은 강이 흐르고 그 사이에 어머니 다리만 무지개처럼 찬란하게 떠 있습니다.

동상이몽

아내와 밥을 같이 먹으며
눈이 마주쳤다. 아내가 먼저
이유 없이 웃는다. 나도 따라
웃는다. 내 웃음에 답하듯 아내도
다시 웃는다. 아내가
웃음의 개맛을 안다는 듯
어머니임. 요즘 아범이
독기가 사라진 것 같아요. 한다.
아내는 왜 나를 보고 웃었을까?
나는 무슨 생각을 하고 아내에게 웃었을까?
아내와 밥을 함께 먹으며
알지 못하는 웃음을 마주하면서도
서로 좋아서 웃는 웃음이라
착각하며 사는 게 편하다.
웃음만이 우리가 서로 교차하지 않고
비켜 갔음을 안다. 큐피드의 화살 같은
웃음을 부부라도 어찌 알겠는가?

콧바람의 장풍을 받아라

콧구멍이
자주 막혀
숨을 제대로 쉴 수 없습니다.
그래서 자주 코딱지 파내며
콧구멍 평수 넓힙니다.
축사 청소 때 염소똥 먼지가
콧속에 들어가 그럽니다.
흐헝. 흐헝. 당나귀처럼
숨을 쉬기 위해 살기 위해
코피가 팍 터질 정도로
힘차게 콧바람 부는 것 모르고
아내와 두 딸은
더럽다며 벌써 저만치 도망갑니다.
어느새 콧속의 폭풍은 콧수염으로
자라 잭크의 콩나무가 되고. 나는
오늘도 그 콧수염의 콩나무를 타고
하늘로 올라가
내 숨구멍을 막는
마귀들과 싸웁니다.

제발. 그만 후벼대라구우.

정말 더러워 같이 못 살겠어! 으웩.

잔소리하는 마귀에게 돈키호테처럼

날카로운 코 칼처럼 들이대며

내 콧바람의 장풍 받아라.

이야아아아아아아아압~. 외치면

어느새 빗자루 타고 코앞에 나타난 마귀.

자아아. 덤벼. 덤비라구우. 덤벼봐아아. 하며

몽당빗자루 마구 흔들어댑니다.

눈도 깜짝 않고 이야압~.

새털보다 가비여운 내 장풍을

한 방에 날려버립니다.

염소꽃

염소에게 수줍은 꽃 피었습니다.
꽃향기에 취한 수놈이
아주 난리가 났습니다.
흠흠흠. 암놈의 오줌 냄새
맡으려 들창코 발름발름
까뒤집어 들이댑니다. 암컷에게
다른 놈들이 수작질할까 봐
마구 성깔 냅니다.
이런 장면 물끄러미 보다
견물생심 불끈 솟아오르는데요.
닝닝닝. 꽃향기에 취한 꿀벌들
내 안서도 지랄발광인데요.
염소 키우면 금슬 좋다는 말
떠올리며 괜히 실실거리며
아내에게 다가가니. ㅎㅎㅎ.
짐승 보고 놀란 것처럼
엄마야아아아~.
기겁하며 달아납니다. 결국 닭 쫓던 개
지붕만 바라봅니다.

염소꽃 한창 무르익어 가는데
혼자서 아름다운 장면
즐기는 것 너무나 아깝습니다.

아주 가까운 윤회

애인 같던 염소
이쁜이가 죽은 지
벌써 2년이 되었다.
오래오래 같이 살다
죽으면 땅에 묻어주겠다는
약속도 지켰다.

가족처럼 아끼던 가축을
눈물을 흘리며
두엄 더미에다 묻은 뒤
그 영혼 밤하늘의 별이 되었다.
그리고 이듬해. 잘 부숙된
향긋한 거름 밭에 뿌렸다.

그 양분에
무럭무럭 자라
별빛이 詩앗으로
알알이 맺힌
옥詩기 내다 팔며

이런 꿈을 꾸곤 했다.
보석처럼 눈 부詩게 영근
옥詩기 혹詩라도
누군가 알아보고
첫눈에 반해 메詩지를
주고받게 된다면?
그래서 가슴 태우는
연인은 아니라도
옷깃 스치는 인연으로
잠詩 마주쳤다가
아쉬움 없이 헤어진다면?

그것 역詩
밤하늘의 별이 된 전생을
다詩 만나는 것이 아닐까?
윤회는 그렇게 먼 詩간이
필요하지 않고
재회처럼 반드詩
살아서 만나는 것이
아니겠냐고.

엉클쌤

나를
아재라고
아저씨라고도
부르는 분들 있어요.
선생님이라고
하는 이도 있죠.
그러나 나는 나는
당신의 아재도 아니고
더더구나 아저씨도 아니죠.
가르친 제자도 없으니
선생님도 절대 아닙니다.
님들처럼
엉덩이가 뚱뚱해서
엉뚱하고 엉큼해서
잘난 것도 없으면서
변방서 별만 보다가
별 볼일 없는 자.
아무도 아니어서
정말 아무것도 아닌

아주머니하게 평범한
詩냇가의 그냥 갑돌이.
그러니 오~ 마이 페친.
제발 詩발 플리즈.
날 선생님이라 하지 마요.
부르기 뭐하면
그냥 엉클쌤이라 해요.
아. 아아. 그게 차라리
넘 베어리하게 좋겠군요.

밥아저씨

식충이 밥아저씨는 원래
밥만 먹는 거대한 벌레가 아니었지요.
그도 예전에는 뽕잎을 먹고 살았어요.
뽕잎을 먹고 방귀만 뿡 뀐 것이 아니라
베틀에 앉아 비단을 자아내기도 했지요.
고치 속에 들어간 번데기처럼
나비가 될 수 있다고 생각했지요.
시만 써도 충분히 식구들 굶기지 않을 테니
두고 보라구우우. 입 꽉 다물고 잔소리 말라구우우.
큰소리쳤지요. 날마다 큰소리쳤지요. 그럴수록
밥아저씨의 애벌레들은 일제히 아빠아~.
아빠는 나비가 아니라 밥벌레일 뿐이라구요.
그래서 화가 난 밥아저씨는 밥을 더 먹었고
무시무시한 돼지벌레로 변했지요.
아이들은 밥만 먹는 아빠 벌레가
자기들 밥까지 모두 먹어버리면 어쩌나?
굶어서 해골이 되면 어쩌지? 걱정을 했고
한때 뽕잎 먹고 비단을 자아내던
누에 아빠는 그 후 방귀만 뀌는

뿡뿡이벌레가 되고 말았지요.

바보아저씨인 밥아저씨가 됐지요.

이젠 식구들 중에 아무도

그가 한때는 비단을 뽑아내던

누에 아저씨였다는 것을 믿지 않지요.

애벌레들은 철밥통인 엄마만 좋아하지요.

꼬우면 공무원 하면 될 거 아냐? 하고 팔짱 낀 아내가

식충이에겐 대접에 밥 퍼주는 것도 아깝다. 응,

먹어도 먹어도 항상 배만 고픈

뱃속에 위대한 거지 밥그릇만 있는

저 돼지가 어떻게 나비가 될 수 있담. 하고.

뒤통수

환갑이 거의 다 되어서야
뒤를 볼 수 있었다.
평생을 살아도
지구에서 달의 뒷모습
볼 수 없다는데
이순耳順이 가까워서야
내 뒷모습을 보다니 다행인가?
돌고 돌아 아주 멀리 있는
달나라에 가서 비로소
망원경으로 내 뒤 쪽을
알아볼 수 있게 되었으니
아주 대단한 일인가?
보려 해도 볼 수 없었던 내 뒤통수.
누군가 수없이 던진 짱돌에 맞아
달 뒤에 감춰진 분화구들처럼
흉측하게 남아 있는 영광의 상처들.
내가 앞만 보고 있을 때
뒤에서 돌을 던진
비겁한 사람들의 비석이

내 뒤통수에
공동묘지를 이루고 있다.

나쁜 염소

나쁜 염소는
착한 염소이다.
그러나 착한 염소는
나쁜 염소가 될 수 없다.
나쁜 여자가 남자를 지배하듯
나쁜 염소라야 주인을 길들인다.
나쁜 염소라야 주인을 사육할 줄 안다.
나쁜 염소라야 주인을 도축장에 보내고
주인의 고기가 너무 착해서
맛이 없다고 투덜거릴 줄 안다.

염소들은 착한 주인보다
나쁜 주인에게 더 빠져들고
나쁜 주인이 휘두르는 몽둥이에
매력을 느낀다. 매의 힘으로
나쁜 고기가 착한 고기가 된다.
결국 주인 대신 도축장으로 가서
천사의 십자가를 진다.
〉

그래서 염소들은 오늘도
천사의 가면을 쓴
나쁜 염소가 되어
기를 쓰고 주인을 길들인다.
나쁜 염소들에게 길들여진 착한 주인은
나쁜 여자가 착한 여자보다 좋은 거처럼
나쁜 염소가 착한 염소보다
백 배 더 낫다고 바보 같은 소리나 하고.

삐딱선을 타고

저녁 하늘이 밀물로 들어올 무렵
나는 종이배 하나 접어
별들이 어지럽게 흩어지는 바다로 간다.
고래처럼 화가 난 백수의 아내는
남편의 고기잡이 배 위해
성난 파도 일으키고
포악한 아내를 예쁘게 접어 만든
삐딱선을 타고
나는 소풍을 간다. 아내는
철조망 쳐진 수평선 근처에서
흥, 나를 전복시키기 위해 비아냥거리고
라이터와 담배 한 개비뿐인
나는 하늬바람 타고
아내의 장송곡 같은 바다를 횡단한다.
씩씩거리는 아홉 살 아들이 혹시
삐딱선을 뺏어 타고
탈선할지도 모른단 생각하며
아빠는 거짓말쟁이라는 것을
내 그림자에 비문처럼

새겨 넣을지도 모른단 생각하며
나는 망망대해로 나간다.
승냥이 눈썹들 반짝이는 밤하늘에
쓰디쓴 유언 같은 담배 연기 날리며
아, 아주 절망적인 생각을 한다.
삐딱선 때문에 내가 바다로 가지 않고
산으로 갈지도 모른단 생각하며
뼈만 남은 종이배 타고 산으로 간다.
바다로 가기 위해 오늘도
산으로 간다.

아지랑이꽃

아지랑이꽃 피는 4월의 지평선 향해
걸어갑니다. 남들은 자동차 놔두고
구두나 닳게 하는 뜬구름 내 행로에
이른 봄부터 개나리꽃 활짝 피우지만
나는 아지랑이꽃이라도 꺾기 위해
아내의 출근길 반대편으로 소풍 갑니다.
주머니에 피우다만 꽁초와 라이타
그 외에 더 이상 친구도 없이
걷고 또 걸어 아지랑꽃 핀
아득아득한 지평선 향해 가출합니다.
가다가 지치면 길바닥에 주저앉아
피우다만 꽁초의 마지막 생애까지
모두 태우고 밤이슬 눈썹에 맺히면
산속에 쓰러져 사나운 꿈 꿉니다.
꿈속에서도 지평선의 아지랑이꽃 따라
산을 넘고 강을 건너갑니다. 흥,
표독스런 암코양이들을 만나 이내
꿈속에서도 쫓겨납니다.
방황하는 수많은 밤하늘의 별들

봅니다. 저 아름다운 별들이 이유 없이
내 눈 속으로 익사하는 모습 봅니다.
아지랑이꽃을 꺾지 못하고 나도
별이 될 수 있겠구나 생각합니다.
한 잔의 술처럼 목마를 타고 떠난
자들의 이름 밤하늘에 무수히 떠올리며
새벽을 기다립니다.
아지랑이꽃 꺾어 그 별들에게
건네줄 것을 약속하며.

축구공

공이란 모든 공에
공포심을 가지고 있는 나에게
골대 앞에서 헛발질만
보기 좋게 해대는 나에게
그녀는 묻는다.

군대 가기 전에 축구를
몇 번이나 했냐고?
침대 스포츠인
베드민턴은
칠 줄 아냐고.
솔직하게 말해달라고.

그럼 애정결핍의 정서불안자인
나는 땡큐~. 뻐큐~.
쉣~. 사실대로 말해야 하는지
거짓말을 해야 하는지
또 허둥대다가
개의 발이 되어서

개詩발~.
똥볼을 차고 마는데요.

보기 좋게 엉뚱한 방향으로
허방질 해대는데요.
페널티 존에서
할리우드 액션으로
천금의 골이라도 따내면
천만다행인데요.
온몸이 무기인
詩네마 극장의
월드컵 스타는
신의 손으로
한 골을 넣고
신나게 엉덩이로
세리머니 하는데요.

축구는
힘이 아니고

테크닉인 거 알아?
머리가 나쁘면
엉덩이라도 돌려야
한다는데요.

산소

막내할아버지가
마흔이 훨씬 넘은 손자 놈에게
경운기로 논 가는 법을 가르치고 있습니다.
뒤늦게 철들어 삐뚤삐뚤
고랑을 똑바로 내지 못하는 손자에게
꼬부랑 막내할아버지의
잔소리는 엄하기만 합니다.
손자 놈은 뭔가 인생을 잘못 산 것입니다.
경운기가 말을 제대로 듣지 않는다며
먹구름 같은 구만리 길을
힘겨워 한숨지으며 가는 아들놈을
멀리 보이는 산소 하나가
지켜봅니다. 못난 놈.
뼈골 휘도록 대학까지 보내 놨더니
무지렁이처럼 논이나 갈고 있냐?
몸이 몹시 불편한 듯 산소가
헛기침하며 뒤척입니다.

웃음은 왜 짠가?

개고생하며 염소 키워
갯값 받고 개털만 날린다니까
당연한 거 아냐? 뭐가 이상해?
개고생해서 갯값 받으면 됐잖아? 한다.
염소가 개로 바뀌고
개가 병아리로 변하고
병아리가 좁쌀로 추락했으니
소가 웃고 개가 웃고 삐약이마저 웃어
그럼 나중에 좁쌀이가 금처럼 비싸지겠네애?
염솟값이 깨小金이나 되었음 좋겠다.
그 금으로 배추나 절여
김치를 해 먹음 됐지? 됐지? 하니
한겨울에 난데없이 이애앵 날아온
모귀 깔따귀 사마귀 까마귀 잎사귀
당나귀 뼈다귀 싸다귀 콧방귀가
폭격기처럼 사납게
일제히 떼로 공격해댄다.
그걸 말이라고 하냐며
입 닥치라며 주댕이만 때린다.

퉁퉁 부은 입으로
뾰루퉁하게 있으니 또
쌤통이다. 메롱. 메롱.
바싹바싹 약 올리는데
소금은 씁쓸하기만 하고
약이 된 웃음은
눈물보다 더 짜기만 하다.

사막에서 길을 잃고 헤맬 때
코요테 한 마리 어둠 속 별빛처럼 나타나
나를 오아詩스로 안내할 것이다.

비밀 사탕

날마다
입 안에 사탕
오물거리며
실실거리자
누가 준 사탕이냐고
어머니가 묻습니다.
그래도 실실거리자 어머니
사탕 한 개 달라고 하십니다.
어머니이. 어머니이이.
사탕 먹음 이가 썩어요.
그러면서 사탕 한 개 드리지 않자
수상하게 째려보십니다.
누가 준 사탕인데 그래요?
하며 아내의 눈알처럼
뚱그레지는 눈깔사탕.
몰래 몰래 혼자만 먹어야
히야아아~. 새콤달콤
별난 맛의
비밀 사탕.

손

내 손이 내 손을 네 손인 줄 알고 슬며시 잡는다.
내 손에 온기로 남은 여린 네 손 사라진 지 오래인데
네 손인 줄 알고 그리워서 꼬옥 쥐어본다.
맞잡은 네 손도 아쉬운 듯 내 손 놓아주지 않는데
더듬더듬 찾아낸 손 이제 내 손 아니어도 좋은데
알아채고 부끄러운 듯 얼른 놓아준 손 정말 밉다.

심장의 발자국

달빛이 낙엽을 밟듯 바스락 바스락 오는 소리는
킹콩처럼 쿵쿵 내 지축 흔들며 네가 오는 소리.
인적 끊긴 첩첩산중 가슴북 둥둥 울리는 네 발소리는
두근두근 널 찾아 달려가는 내 심장의 발자국 소리.

최ㄱㄹ 시인

역詩 최ㄱㄹ 시인.
최고라 시인이라며
따라 해보라고
따라 해보라고
더 크게 아주 더 크게
나처럼 만들어보라고
작은 고추 같은 내 엄지척
추켜세우는 이 있으니
최구라 시인 아니라
최고의 시인이라며
칭찬해주고
격려하는 엄지가
든든한 후원자가
천군만마처럼
내 뒤에 있으니
눈물겹다. 정말
정말 감사하다.

공기의 연인

산소 같은 여자를 사랑했네.
숨을 쉴 때마다
비수처럼 파고들어 와
잠자던 세포 깨우던 여자.
애간장 녹이던 여자. 나무처럼
나를 뒤흔들던 여자.
투명해서 들키지 않는 여자.
아무리 아무리 마셔도
화내지 않는 여자.
공짜인 여자. 돈으로는
살 수 없는 여자.
나는 그녀의 연인이 되어
햇살의 밀림에
꿀을 감추어놓았네.
아침은 날마다
신혼처럼 눈 부詩고
나는 그 무공해 여자를
태풍처럼 눈에 넣고 다녔네.
그녀가 편히 잠들 수 있도록

사나운 파도로 천둥과 번개로
자장가 불렀네. 울부짖었네.
혼자서 나를 차지하려
질투하던 여자.
詩샘할 줄 아는 여자.
자신이 누구냐며
갑자기 내게 묻던 여자.
소름 돋을 만큼 나를
미워한 여자.
진짜로 나를
사랑했던 여자.
어깨 들썩이며
울먹이다가
뒤도 안 보고 떠난 여자.
아무리 불러도 불러도
돌아올 수 없는 여자.
앙상한 가지 위에서
잎새처럼 지저귀다가
시 되어 붙잡힌 여자.

산책로와 친절한 이정표 그리고
쉴 수 있는 의자가 있는
공원 같은 여자.
아내로 만들 수 없는 여자.
잡으려 할수록 잡히지 않고
햇살처럼 손가락 사이로
빠져나가는 여자.
공기 속으로 깔깔대며
달아날 줄 아는 여자.
쓸쓸한 그 안개의 여자를
난 몹詩 사랑했네.

그림자 여자

내가 그림자를 데리고 다니는 것이 아니고
그림자가 나를 애완견처럼 끌고 다닌다.

나의 주인은 내가 아니다.
나를 끌고 다니는 그림자 여자이다.

따라와~. 하고
여자가 앞장서면 나는
그림자처럼 졸졸 따라갈 뿐이다.

꽃밭에서

흐르는
詩냇물에
꽃잎 한 장
또 한 장
그리고 또 한 장 뜯어내
함초롬히
띄우고
띄우고
하염없이
한 없이
또 띄우며
한 잔
또 한 잔
그리고
그리며 또 한 잔
밤하늘 적詩며
슬피 우는데
언제 다詩 왔는지
눈물 뚝~. 하며

초롱초롱
반짝반짝
눈 부詩게
우후죽순
앞다퉈 피는
꽃밭의 별들.

나비 사냥

바람처럼 떠도는

꽃잎의 발자국 따라

나비 사냥을 갑니다. 푸하하. 데굴데굴~.

웃음의 가詩털 날리는 소리.

나비에게 납치되지나 않으면 다행.

곰팅 씨. 잘해라아. 파이팅~.

햇빛의 넝쿨 속으로

마치 호랑이라도 잡으려는 듯

조심조심 발소리 죽이며

곰 한 마리가 사냥을 갑니다.

발톱과 꼬리 달린

그 무서운 짐승과

술래잡기라도 하듯

구름 뒤에 숨습니다.

나비야. 나비야. 노올자. 어디 있니?

이리 온~. 이리 온~. 하면

詩러요. 詩러. 아저詩는 詩러.

메롱~. 메롱. 날 잡아봐라.

ㅋㅋㅋ. (우린 이렇게 놀아요.) 하다가

바스락 바스락. 달빛이 낙엽 밟는 소리에
엄마야. 나 살려. 줄행랑을 치는
겁쟁이가.

카톡새

봄부터 쪽박깎아주새가 쪽박깎아주~. 하지 않고
카톡~. 카톡~. 하고 우니 그 옆에 있던 뻐꾸기도 카톡~.
카톡~.

소쩍새까지 덩달아 카톡~. 카톡~. 따라 웁니다.

온 산이 카톡새 울음소리로 시끄러우니

쉴 새 없이 스마트폰 열어봐야 합니다. 밭일을 하다가도
밥을 먹다가도 급히 꺼내 봅니다. 국이 식는 줄 모르고
핸드폰에 매달려 있는 남편을 보고 아내의 눈이 뚱그레집
니다.

뭐야아? 자기 바람났어? 하는데도 카톡새는 여전히 카톡
~. 카톡~.

그래서 창문 열고 이눔에 잠새야. 그만 좀 해!

카악 퉤! 카악 퉤! 소리치니

온 산 새들 눈치도 없이 카악 퉤! 카악 퉤! 따라 외칩니다.

계절이 바뀔 때마다 알림음을 매미 귀뚜라미 소리 등으로
바꿔놓음 어떨지요? 꼬리 긴 카톡새가 잡혀서
털 다 뽑히지 않을까 정말 정말 걱정됩니다.

칡꽃

넝쿨처럼 얽히고 얽혀
네게 가는 길 꼬이고 꼬여
비 내리는 산 속을 헤매다가
풀리지 않는 매듭에 걸려
쓰러지고 넘어지고 털썩 주저앉아
만신창이 보랏빛 꽃으로
피 흘려 우네.

가詩리

나 보기 역겨워
가려거든 날
밟고 가詩오.
영변에 약산
진달래꽃
아름 따다
가詩는 걸음
걸음마다
가詩처럼
뿌리리다.
가詩꽃
가詩밭길
사뿐히 밟고
떠나가는
가詩리.
사금파리
명사십리
십 리도 못 가
아리랑
쓰리랑
발병 나게요.

마두금

자신을 태우고 다니던
조랑말이 죽자 시인은
애마의 가죽과 뼈로
마두금이라는 악기 만들어
바람처럼 초원을 유랑하네.
말이 하지 않은 말
말로 풀어내지 못한 말
가슴에 묻어둔 채
대신 멍에를 쓰고
벙어리 되어
목마가 되어
곁을 떠난 말을 위해
노래하네. 풀잎처럼
서걱이는 말의 넋
어루만지네.

마지막 잎새

앙상한 나뭇가지 위
포로롱이 날아와
새순처럼 푸르게
푸르게 지저귀던
O 헨리의
마지막 잎새.
詩들어가는 단풍잎
더욱 붉게 붉게
물들이다가
그해 가을
낙엽과 함께 떠난
작은 새 한 마리.
이제는 볼 수 없지만
꽃무늬 스커트처럼
하늬바람
휘날릴 때마다
은사詩 잎사귀
하얀 속살
귓가에 살포詩

부빌 때마다
처마 끝 풍경처럼
종을 울리며
詩린 가슴 적詩는
새 한 마리.

마당

　우리 동네서 석파령이라는 고개 하나만 넘으면 말을 위해 사당을 지었다는 마당골이란 마을이 있다. 예전에 누군가가 높은 산을 넘으며 고생을 한 말의 고마움을 잊지 않기 위해 그곳에 마당馬堂을 지었고 후에 지명까지 생긴 것이리라. 얼마나 말을 소중히 여겼으면 제각까지 짓고 수고로움을 기렸을까? 말을 타고 다닌 사람이 누군지 알 수 없으나 말을 위한 집이 남아 말의 노고가 후세에까지 전해지고 있으니. 나도 ~. 그처럼은 못 하더라도 나를 태우고 숱한 애환의 고개 넘던 조랑말 위해 초라하고 남루한 시집 한 채라도 짓고 말의 넋을 달래고 싶다. 말을 잃고 별빛 같은 마음으로 고친 마구간으로 눈 부詩게 그 애마 다詩 와주길 기다리며.

엇박자 사랑

오늘도 네 박자가 아니고
엇박자 사랑이다.
발맞추기 못 한다고 군대서
얼마나 조교에게 싸대기 맞았던가?
병신아아. 박자도 못 맞추냐?
하낫 뚤 하낫 뚤 오늘도
집에서 받는 제식훈련에서
아무리 아무리 발맞추기를 해도
실수만 연발하는 고문관.
쿵짜리 쿵짝~ 쿵짜작 쿵짝 아니고
쿵따리 샤바라 빠빠빠인 것을.
네 박자 아니고 내 박자인
엇박자 내 맘대로 사랑인 것을.
스텝이 맞지 않아 어지러운
제멋대로 블루스인 것을.

랑데부

주말부부의 랑데부는 실패했다.
그래도 전화로나마 목소리 들었다는 것.
잡초 나지 않게 밭고랑에 깔 멀칭 비닐
두 통만 사다구 했는데 세 통이나 사다놓았다는 것.
그것만으로 감사하자. 더 욕심 내지 말자.
아내가 아무리 나보다 멋있는 남자 있어도
아무리 야리꾸리한 여자 있어도 내가 아내
버리고 이끌려가지 않을 거란 믿음처럼
아내가 나 버리지 않을 거란 확신
있기에. 전화로나마 목소리 들었으니
창녀가 아닌 천사의 음성으로
찰랑~. 찰랑~. 찰랑대는~
성스러운 내 그릇을
위스키 잔에 묻은 키스 자국조차
뽀드득뽀드득 소리 날 때까지
깨끗이 설거지해놓고 갔으니.

호박꽃

호박꽃도 꽃이냐?
詩퍼런 것들은 말하지만
총각도 아닌
모진 풍파 다 겪은
백전의 노각이 되어
詩들詩들 詩들어보면 안다.
모든 꽃들 낙엽이 되어
간단 인사도 없이
詩건방지게 떠나지만
늦가을 서리 내릴 때까지
지지 않고 오래 오래 남아
된장국처럼 구수하고
따뜻하게 뎁힐 줄 아는
푸지근한 사랑의 호박꽃이
꽃 중의 꽃이다.

엘리베이터 궁전의 거울 왕자

엘리베이터 궁전 안에 거울 왕자님 한 분이
살고 계셨습니다. 그리고 그곳을 드나드는 여자들은
물끄러미 거울의 왕자님을 들여다보며
은근히 사모하곤 했지요.
엘리베이터를 여럿이 함께 탄 날에는
거울 왕자님의 詩선을 은근히 끌기 위해
어머! 내 피부. 많이 상했네 라고 말했지만
엘리베이터에 함께 탄 사람이 없으면
꼭 이렇게 말하는 것이었어요.
어떻게 저렇게 멋있게 생기실 수 있을까?
백마를 탄 저분이 나의 왕자님이 분명해!
아. 난 저분에게 모든 것을 주고 싶어!
저 귀여운 아가를 내 걸로 만들고 말 테야!
그럼에도 엘리베이터 궁전의 거울 왕자님은
무척 외로우셨습니다. 여자들의 부러움을
한몸에 받고 계셨지만
날마다 당신의 애간장을 녹이는
乳부녀를 자신의 것으로 만들 수 없었으니까요.
왕자 체면에 거울 밖으로 나가 乳부인에게

당신을 사랑하니 나와 결혼해달라고 할 수도 없고.
그보다도 거울 밖으로 나갔다가
젖소 부인들에게 유괴를 당하면 어쩌지?
화가 난 젖통들은 나를 아예
깔아뭉개려고 들겠지? 씩씩거리면서 말이야.
그것도 떼로 몰려와 한 번도 당한 적이 없는
나의 풀밭을 덮친다면 말이야.
정말 그것은 생각만 해도 끔찍한 일이었습니다.
그래서 엘리베이터 궁전의 거울 왕자님은
아름다운 그 乳부인을 마음속으로만
좋아했습니다. 마음속으로
정말 마음속으로만 그녀를 좋아한다는 것을
어떤 때는 그녀를 강탈이라도 하고 싶다는 것을
그녀의 남편과 나의 아내뿐만 아니라
나 자신도 알아선 안 되었기에
마음속의 詩커먼 털을 어느 날
면도기로 밀어버리며 살았습니다.
그러나 그런다고 털이 없어지겠어요?
면도를 하고 난 뒤에 더욱 검게

자라는 나의 풀밭을 쓰다듬으며
어느 날 아내는 이렇게 말하는 것이었습니다.
가슴에 털이 없었더라면
난 자기와 결혼하지 않았을 거야.

공을 공이라 할 수 있는 것은
공에 있지 않고
공을 가지고 노는 놀이에 있다.

물을 롬으로 세우지 않고

동물원 원숭이처럼
길들이고 조련하여
물을 롬으로
물구나무 세우지 않고
문을 발로 차서
곰으로 서게 하듯
재주 부리는 곰처럼
두 발로 일어선 물을
떼이이 떼이이
소리 지르고
회초리 휘둘러서
놀라서 겁에 질린 물
네 발 달린 말이 되어
히이잉 투덜거리며
야생의 숲으로
달아나게 할 것이다.

염소에게 시를 가르쳤더니

詩에 팔이 달리고
발이 달린 줄은 알았지만
부랄이 있는 줄은 몰랐다.
염소들에게 시를 가르친다며
그 앞에서 詩팔詩발詩부랄
맨날맨날 詩부려댔으니
머리에 뿔도 안 난 염소들까지
서당개 삼 년이면 풍월을 읊듯
詩팔詩발詩부랄 씹어댄다.
개나 소나 쓰는 시를
너만 詩부릴 줄을 아냐며
아무나 보고 치받고
기어오르고 하는 것이다.

말놀이

말의 등을 타고 노는
말놀이에서는
말이라는 말이
고삐 풀린 산처럼 경중경중
뛰지 않아도 된다.
말이 사람처럼
말을 해야 하는 것이 아니다.
반대로 사람이 말할 때
말이 되어야 하는 것도 아니다.
말도 하지 않던 말들이
말동무가 되어
말타기를 하듯
서로 올라타며
말고기가 너무 질기다고
그래서 못 먹겠다고
함부로 투덜대며
씹어댈 수 있는 것은
말도 되지 않은 말을
詩부리며 장난을 해대며

히이잉 웃을 수 있는 것은
말이 말이어야 하는 이유가
말에 있지 않고
놀이에 있기 때문이다.

나는 모자를 쓴다

시를 쓰지 않고 나는
모자를 쓸 것이다. 이제부터
접이식 여자처럼
다리를 꼬고 앉은
발가벗은 의자를
모자로 머리에
올려놓을 것이다.
또아리 틀어 여자를
터번처럼 쓰고 다닐 것이다.

詩지프스의 침대

땅거미가 몰려올 무렵 그는
골목 어귀에서 어슬렁거리다가
이애앵~. 눈앞에 알짱거리는
깔따귀 사마귀 까마귀
당나귀 잎사귀 뼈다귀
모귀 방귀에게 최면을 건다.
괴상한 詩詩께끼 내서
맞추지 못하고
귀신 詩나락이나 까는 잡귀들
모두 잡아다가 침대에 뉘여놓고
색詩나 詩녀로 삼는다.
詩꺼멓고 음흉한 털로
웃음의 속살 간지르며
비명 지르게 한다.

아빠는 밥빠 그래서 나빠

노빠와 문빠만 있냐? 밥의 충신들도 있다. 밥에 환장한 자들은 정말 밥 먹을 때조차 엄청 바쁘다. 그래서 옆에서 밥 먹을 때 건드리기라도 하면 개처럼 사납게 으르렁거린다. 나는 이런 부류를 밥빠라고 할 것이다. 물론 나르詩스처럼 자신에게 빠진 자들도 있다. 초지일관 안물안궁으로 남이 전봇대로 이를 쑤시든 말든 아예 신경을 끄고 산다. 나밖에 모르는 자들이다. 나는 그냥 이런 인간들은 나빠라고 부를 것이다.

그리고 이날 이때까지
머리에 눈발이 날리도록
자식들 나이도 모르고
한 번도 생일 안 챙길 만큼
밥쁘게 살아온
아주아주 마니마니
아주마니하게
자랑스러운 아빠가 있으니?
아빠는 밥빠.
그래서 나빠~.

ㅎㅎㅎ. 왜왜왜 우서우세여?

이 상황에서

이쓰미(웃음)가 나와여어?

이쓰미가아? 에이이.

날개

익힌 고기엔 없고
날것에만 있는 것이
날개이다. 피를 흘리는
살코기들만이 살아서
살을 부비고 꿈틀꿈틀
꿈도 꾼다. 익룡처럼
날것을 물어뜯던
이빨 자국이라도
화석으로 남아 있어야
푸덕이며 날아오른다.
날개 버리고 타락한 타조
익힌 것에 익숙해진 것들엔
이빨의 흔적조차 없다.
불사조처럼
불에 익힌 치킨 통닭에겐
살기 위해 몸부림쳤던
날것의 근육이 없다.
앙상한 뼈에
병들고 부패한

정욕의 정육만
껍딱지처럼 달라붙어
날것으로 날지 못하고
쿵하고 땅으로 떨어져
썩은 사과처럼
뒹굴 뿐이다.

까닭

꽃은 詩앗을 품으며 피어난다.
詩앗을 배지 못하면 꽃은
금방 詩들詩들해진다.
꽃이 아름다운 것은
까닭이 데미안의 알을 깨고
꽃끼오오 하고 피어나듯
詩앗의 껍질을
벗어내야 비로소
깨어나기 때문이다.

수박

박수를 치면
사촌인 수박도
덩달아 손뼉을 친다.
손바닥으로 우레와 같은
수박을 쳐대면
줄무늬 박수가 넝쿨 째
굴러온다. 물개처럼
수박도 손뼉을 치면
박수가 되는 것이다.
잘 영근 박수는
칭찬의 수박 되어
날개 돋친 듯 팔릴 것이다.

접詩 부족

난데없이 하늘에서 떨어진 콜라병 때문에 혼란을 겪었던 원詩 부족 부詩맨에게 이번엔 접詩를 건네준다면 과연 詩여서 못 먹을 포도를 담을 수 있을까요? 아랫입술을 뚫어 접詩를 끼우는 에티오피아의 무르詩족처럼 접詩를 입술에 끼우지는 않을까요?

그릇

우그러지고
찌그러지고
밑이 빠지고
새어야만
고쳐 쓰지 못할 정도로
만신창이 되도록
얻어터지고
심하게 망가져서
담을 수 없을 만큼
쓸모가 없어져야
삐딱해져야
제대로 된
그릇이 된다.
착하고 온전한 것은
그릇이라 할 수 없다.

입술

예술은 영원하고
인생은 짧다지만
마詩고 마詩고
취하고 취하고
추하고 추해서
추접스럽기까지 한 것이
술이라지만
눈을 지그詩 감고
살포詩 포갠 입술은
꽃잎 지고 난 뒤에도
오랫동안 지워지지 않고
가詩지 않는 향기로 남아 있는
술일 것이다.

낙엽

가을에 나무들이
아랫도리를 까내리고
변기에 앉아
그것을 떨어뜨리고 있다.
그것은 땅에 떨어져
거름이 되고 나무의 양분이 되어
한 그루 나무가 되었다가
그것으로 돌아가는 것이니
헤어지는 것이 아니라
다시 만날 것을 기약하는 것이니
낙하하는 똥덩이 보고
가슴을 아파할 게 아니다.
캉캉~. 춤추고 노래하자.

비

민비처럼
비는
똑똑하다.
비 오는 날
처마 밑에서
날개 없이 추락하는
빗방울의 비문
읽다보면
수직으로 떨어지는
즐거운 비명이
누구의 필체인지
한눈에 알아보겠다.
허공 그으며 비수처럼
날렵한 서체로
단숨에 써 내려온
문장을 보면 그녀가
몇 권의 책을 읽었는지
공부를 얼마나 많이 했는지
얼마나 똑순이인지

천한지 비천한지도
비의 성장 과정도
알겠다.

권투

권투 하듯
피 흘리며
2혼이라도 하려고
투혼으로 싸우는 여자는
질투하는 여자는
권태롭지 않다.
나이 들어 주름진
오후의 햇살도
곱게 펴진다.
늙지 않는다.
칼 갈 듯
날카로운 손톱
비수로 품은
복서의 여자는
가詩 돋친 붉은 장미
더 오래 피울 수 있다.
심심할 때마다
주먹을 툭툭 던지듯
트집 잡고

詩비를 걸며
꼬집고 때리고
발길질하고
악다구니를 쳐대야
詩샘을 놓을 줄 알아야
詩퍼렇게 멍든
아픈 사랑도 할 수 있다.
질투를 하듯
투혼으로 피 흘리며
권투를 할 줄 알아야
권태롭지 않다.

폭설

눈은 깡패처럼 온다.
패거리로 와서
천사처럼 詩비를 건다.
무슨 말만 해도 잘 삐지는
남자의 머리 쓰다듬는다.
호호호. 톡톡톡.
뿔을 건드린다.
야. 야아. 삐용아아. 좁쌀아~.
니가 사내이니?
시인 맞냐구우?
떼~.
떼어~.
응? 응? 응?
하며 싸움을 걸어오면
아무리 야인詩대의
詩라소니 형님이라도
詩름의 오야붕
정재 오라버니라 해도
참아내지 못한다.

흩날리는 천사의 웃음꽃.
송이송이 마다
욕 한 방망이 씩 계산해
솜방망이를 날린다.
그래. 그래.
뎀벼. 뎀벼어어.
배수진까지 치고
눈에는 눈
이에는 이
詩에는 발이다.
이야아아압~.
받아라아아~.
폭설에는
폭설이닷~.
눈밭에서
이판사판
전면전이다.

0혼

혼밥과 혼술에 혼설.
짝 없이 혼인도
할 수 있는지? 혼동 속에
혼자서 또 설을 보낸다.
혼자라는 생각마저
낯설지 않고
익숙해지려면
영혼이 되어야 할까?
투혼인 2혼도 아니고
혼자도 아닌
0혼이 되어
황혼으로 저물어야 할까?
그러니 그대여.
서리 맞아
詩들詩들해진
0감으로 맞이하는
혼자만의 설은
설움도 아니니
아쉬워 말아라.

아웅다웅
투혼으로 싸우다가
2혼으로 헤어지느니
고독한 갈대 되어
혼자도 아닌 0혼이 되어
눈 부詩게 빛나는
서걱이는 햇살처럼
장렬하게 나부끼라.

포도

시어서 못 먹는 시 한 접詩
차려놓고 여우처럼 말하리.
詩여서 먹을 수 없는 포도엔
풰~. 내뱉을 詩앗도 없다고. 그래서
오르지 못하는 나무의 포도가 아니라
그건 단지 詩여서 못 먹는 포기라고.

6부
사회詩

詩어서 못 먹는 포도를
담는 접詩는 깨야 한다.

중이 싫으면 절이 떠나든지?

절이 싫으면
중이 떠나는 것이 아닙니다.
요즘은 중이 떠나지 않아요.
오히려 절이 떠납니다.
내가 사는 동네에는
여러 절이 있는데요.
사람이 떠나는 것이 아니라
절이 몽진을 가더라구요.
여기에 있던 옥수사가
어디로 갔는지 행방이
묘연하고 이제는 저기 있던
대원암이 여기로 이사 와서
대원사라 간판 내걸고
터주 노릇을 하더라구요.

얼음 왕국

꽃이 다 지고 있는데 독거 총각으로 변방 냉동고에 안치된 얼음 詩신은 아직도 詩집도 못 가고 혼자서 겨울이다. 외로움의 허기로 한밤중에 잠을 자다 말고 강詩처럼 벌떡 일어나 텅 빈 냉장고 문이나 열었다 닫았다 한다.

詩씨의 돌

詩씨의 돌이 있어요.
그 돌은 보통 돌이 아니지요.
반짝반짝 눈 부詩게
해골이 뱅뱅~. 물레방아처럼 뱅뱅뱅~.
정신없이 돌고 돌아 돌아이의
헤드스톤이라니까요.

ㅍㅎㅎ.
왜 웃으세요?
남은 진짜로 심각하게
인상 드럽게 쓰며 말하는데요.
詩도 때도 없이 웃어대는
사람들 말만 듣고
詩가의 말을 무詩하고
말에 재갈을 물리고 단칼에
말의 사지마저 베어버리니~.

그게 억울하고 분해
詩냇가에 나가 짱돌로

자기 머리 쪼아 피를 흘려가며
미친놈처럼 우는데요.
그러자 사람들 또
득달같이 달려와
단칼로 미쳐서 날뛰는
詩팔詩발의 양쪽을
모두 베어버리는데요.
병신으로 만들어버리는데요.

그게 너무 슬퍼서 또
詩냇가에 나가
미늘 없는 낚詩 던져놓고
날아가는 새의 거詩기나 보며
실실 웃음 쪼개는 것인데요.
개詩발. 그런데요.
詩씨의 돌이 그냥 돌이 아니고
옥이라는 걸
누가 머 알아줘야 말이지요?

헬로우

화장실에 들어갈 때처럼
방 안에서 밖으로
노크를 한다.
세상을 향해 열詩미
여보세요. 헬로우~.
아. 아아아. 아아아아.
안에서 똥만 싸지 말고
빨리 나와요. 하며
두드린다. 다급하게
소리친다. 애원한다. 그래도
아무 말도 없으면
눈만 깜작 깜작대면
자리를 비키지 않고
주무詩는 척
개기고 계詩면
똥도 싸지 않으면서
화장실에서 계속
신문만 보고 있으면
쾅~. 쾅~. 쾅~.

詩끌벅적 행패한다.

詩비를 건다.

빨리 방 빼요.

방 빼애~. 詩발.

거기 전세 냈냐구요?

치질 걸렸어요?

손들고 안 나옴

수류탄 까 던진다아~.

문 걸어 잠근다아~.

헬로우~.

헬로우~.

불여귀

　날詩에도 없던 바람을 불러들여 전쟁에 임한 제갈공명
처럼 한 송이 국화 피우기 위해 좀처럼 詩가 먹히지 않는
귀신 詩나락 까는 주문으로 내 詩에도 없는 깔따귀 모귀
마귀 까마귀 사마귀 당나귀 잎사귀 싸다귀 방귀 온갖 잡
귀들 다 불러 모아 천둥과 번개로 올게 하여 詩츄에이션
의 바람을 일으키고 싶다.

집詩

집詩는 詩집을 접詩로 사용한다. 詩집을 접詩처럼 돌려
서 집詩가 되게 한다. 詩집보다 차라리 집詩가 되어 빙글
빙글 아슬아슬 詩집을 접詩로 가지고 노는 것을 더 좋아
한다.

내가 여러분 되어

내가 외로울 때
내 손이 네 손 되어
따뜻하게 잡아주고
내가 여러분이 되어
위로해줄게.
물개 되어 수많은 파도가 되어
나를 위해 셀프로
손바닥에 불이 나에게
박수 쳐줄게.
쓸쓸할 땐 내 가슴
스스로 네 가슴 되어
꼬옥 껴안아줄게.
거친 바다 일엽편주로 떠도는 날 위해
내가 스스로 밤하늘 별이 되어줄게.
등대가 되어줄게.
친구 되어줄게.
천군만마 되어줄게.
차가운 눈보라 되어
이제부터는

내가 네가 되고
또 여러분이 되어
너에게 채찍 휘두르고
모두 쓰러져 잠든 세상 위해
눈사태 되어 고이 덮어줄게.
장송곡이라도 불러줄게.
여러분 색詩 되어
넋이라도 달래줄게.
눈물 흘려줄게.

석죽화

변방에서조차
별 볼 일 없는 자라지만
누가 알아주지 않더라도
맨날 별만 보며 산다.
詩골의 패랭이꽃처럼
실실 웃음을 희롱하며
제멋에 詩발詩팔대며
자태를 뽐낸다.

염소뿔

염소는 뿔을 키운다.
뿔은 염소의 자존심이다.
자존심을 건드리면
뿔로 받는다. 뿔로 서로
부딪치며 싸운다.
그래서 염소는 뿔이 뽑히는 순간
순한 양이 된다.
싸움도 할 줄 모르고
아무리 자존심 긁어놓아도
도망친다. 남들이
손가락질하며 에게게
저게 무슨 염소냐고 놀려대도
뿔이 없으므로 죽어지낸다.

시에도 뿔이 있다.

미치지 않으면 미치지 못한다

불광불급不狂不及.
미치지 않으면
할 수 없다.
미친개만
도달할 수 있다.
색詩처럼 잠자는
동네 개들을
꿈에서
깨운다.
군기 잡는다.
열쭝 詩여어~.
차려어~. 하며
산꼭대기에 올라가
어흐흥. 호령할 수 있다.
조용히 해애. 詩발놈아. 하면
너나 조용히 해애. 개詩발놈아.
하며 더 사납게
짖어댄다.

옹니

곱슬이에 최씨에 옹니 삼박자
모두 갖춘 나를 남들은
고집쟁이라고 몰아세운다.
그래서 웃을 때 백옥 같은 옹니
혹詩라도 드러낼까 두려워
오랫동안 감추고 살았더니
안 그래도 험악한 얼굴이
바위처럼 굳어 버렸다.
지나치게 밝은 눈을 가진 자들이(駢於明者)*
자연스런 얼굴을
일그러뜨려 놓은 것이다.
자연스런 옹니 감추게 한 틀니들이
내 이빨보다 더 흉측하다는 것을 알았다.

* 병어명자(駢於明者): 〈장자 외편〉 변무편에 나오는 말. 정상이라는 기준
  을 만들어 그 안에 있지 않은 것들은 지극히 자연스러운 것이라 할지라
  도 비정상으로 취급했던 공맹의 사상을 비판한 말이다.

성스러운 그릇

말끔히 비워도
차오르는 옹달샘

밑이 빠지고서야
차지 않는 것을

걸레로 닦고 닦아도
더러워지기는커녕

본색만 드러내며
반짝반짝 빛을 내는

성스러운 그릇은
억누르거나 일그러뜨릴 수 없다.

준마駿馬 1

말 같지 않은 말
혹은 돼먹지 못한 말
엉덩이에 뿔이 난 말
삐뚤어진 말
詩건방진 말이 결국
길든 시인을
천방지축 로데오의
야생마로 만들어
울타리를 훌쩍 뛰어넘게 하고
원詩림 속으로
달아나게 할 것이다.

준마駿馬 2

날아가는 화살처럼
말에는 힘만 있는 것이 아니다.
방향도 있다. 힘만 있고 방향이 거세된
순수한 말은 말장난처럼
제자리만 맴돌 뿐이다.
방향을 잃어 피아 구별도 못 하고
아무나 치받는
엉덩이에 뿔 난 못된 말은
돼먹지 못한 말일 뿐이다.
무슨 말인지 도대체
종잡을 수 없는 말은
애마라 할지라도
읍참마속을 해야 한다.
모름지기 말이란
詩위를 떠나는 순간부터
멧돼지처럼 과녁을 향해
죽을 둥 살 둥 씩씩대며
씩씩하게 달려가야 한다.
건강한 말이라면 언제나

화살처럼 뾰쪽한 촉과
눈 부릅뜨고 노려보는 표적까지
장착해야 하는 것이다.

IMF 진달래

모진 추위 속에서 남 몰래 핀 진달래
올해도 어김없이 봄이 왔다고 피었구나.
그런데 봄은 봄이지만
양의 탈을 쓴 늑대로구나 신문과 방송에선
한동안 태풍 치마 휘날리던 IMF 마녀가
이젠 물 건너갔다는 보도를
미친년 오줌 싸듯 흘려보내지만
앙큼한 봄은 발톱을 감추지 못했구나.
상냥한 목소리로 진한 화장까지 했다지만
실직자 주머니나 훔치는 늙은 다방 마담이로구나.
그런 줄 모르고 엉겁결에 핀 진달래들이야
봄을 시샘하는 꽃샘추위에
사정없이 할퀴고 만신창이가 된 채
이곳 저곳에 내버려졌으니
아아 어찌 봄을 노래하리오.
주식시장 날씨처럼 가난한 자
발가벗겨 얼어 죽게 하는
변덕스런 이 봄 어찌 맞이하리오.
빼앗긴 들판에도 봄이 온다던데

실직의 서러움 가시지 않은 채
중앙고속도로 제22공구 현장에
일용 잡부로 팔려온 나의 가슴에도
꽃 피자마자 재빨리 지는 진달래
나는 그 피멍울 아로새기며
막걸리 한 사발의 흥으로
아름다운 강산을 소리 낮춰 부른다.
바람은 음흉한 늑대의 울음을 토해내고
숨 죽였던 앙상한 가지들은
사월의 푸른 횃불 높이 들고
웅성웅성 일어서기 시작하는데.

고기 없는 만두

어머니는
고기 없는 만두를 빚고 있지.
어머니. 이젠 차비가 다 떨어져
학교에 갈 수도 없어요.
어머니. 그저 어머니는
고기 없는 만두를 만드셨고
난 수염을 키웠네.
흑백텔레비전 속에서
비인소년합창단의 고운 노래.
흥, 아버지는 돌아눕고.
어머니는 고기 없는 만두를
왜 자꾸 만들고 있을까.
작은집에서 가져 온 흑백텔레비전
대낮에도 아버지의 꿈은 흑백이고.
난 수염을 깎지 않겠어요. 절대로.
의사들은 삐걱이는
어머니의 낡은 의자를 위해
첼로를 바이올린을 하프를 켰네.
난 왜 의사가 되려 하지 않을까.

진작 간호보조원이라도 될 것을.
수염이라도 깎았을 것을.

합창단의 어린 소년들은
벌써 유명한 음악가나 지휘자가 되고
어머니는 고집스러이
고기 없는 만두를 만들어냈지.
쪼글쪼글하고 맛없는 만두는
우리 어머니 발명품이죠.
난 학교가 원하는 휴학 사유에
세 줄의 시를 써냈다구.
큰소리치는 아들 때문에
어머니는 불쌍했고 초라했고
뜨거운 국에 혓바닥 덴 친구들.
만둣국에 뿌린 최루탄 같은 후추로
눈물을 흘리고 켁켁켁. 목이 메이고.
텔레비전은 감동적이었네.

뷝

벗어놓은 양말처럼
말려서 안으로 까뒤집어진
풍경의 속살들.

내 안의 서랍 속으로
말려 들어와
꿈틀꿈틀
꿈을 꾼다.

그래서 내가
밖을 보는 것이 아니다.
詩詩티비처럼
밖이 내 안으로
무단 침입하여
詩詩각각
나를 감詩한다.

밖이 써준 각본
詩나리오를

꼭두각詩가 되어
따라 읽을 뿐이다.

내 안은 밖의
판옵티콘이다.
밖이 만든
위리안치이다.

노바지 빤쓰

바지를 벗는 것은
당신도 벗으라는 요구입니다.
詩네마 극장에서
야동을 보듯
남의 거詩기만
새침하게 보고
詩치미를 떼라는 것이 아니라
아빠 빤쓰는 엄마 바지
색詩 바지는 나팔바지
할배 바지는 똥 싼 바지
아재 바지는 핫바지
누드처럼 생각에 꽉 끼는
레깅스의 애브리 바지는
노바지 빤쓰로
입어보란 뜻입니다.

접詩

　詩다바리 냄비받침인 접詩가 詩집보다 얼마나 아름다
운가? 내 시집은 냄비의 詩다바리인 접詩로 사용하면 좋
다. 접詩를 닦다가 일부러 깨뜨리길 바란다. 흉한 詩집이
되지 않으려면 접詩처럼 반드詩 깨져야 한다.

詩퍼런 칼날, 詩크하지만 詩원하다

— 최관용의 시를 읽다

박제영(시인)

*

독일의 예술가 요셉 보이스. 그는 1965년 11월 26일 뒤셀도르프의 슈멜라 화랑에서 「죽은 토끼에게 그림을 어떻게 설명할 것인가?」라는 제목으로 퍼포먼스를 공연했는데, 그는 머리를 꿀과 금박으로 뒤집어쓰고, 죽은 들토끼를 팔에 안고, 자신의 소묘와 회화가 전시되어 있는 화랑 안을 조용히 걸으면서, '그(토끼의) 발을 그림에 대었다.' 그러고 나서 희미하게 비치는 구석 의자에 걸터앉아 그 죽은 토끼를 향해 자기 작품의 의미 설명을 시작했다. 그것이 그날 퍼포먼스의 전부였다.

　— 로스리 골드버그, 『행위예술』(동문선, 1991)

비디오 아트의 창시자이며 요셉 보이스의 동료였던 백남준은 훗날 세느강변에서 비닐봉지에 바람을 집어넣고 묶어서 '세느강변 바람'이라며 한 봉지 당 1달러에 팔았는데 날개 돋친 듯 팔렸다고 한다.

*

조선의 시력(詩歷)에서 봉이 김선달(金炳淵, 金笠, 1807~1863)이 차지하는 위치는 짐작하기 어렵다. 다음은 그가 남긴 뛰어난 수많은 풍자시 중 하나인 「이십수하(二十樹下)」에 얽힌 일화다.

해가 뉘엿뉘엿 지던 때 어느 마을을 지나던 김삿갓이 으리으리해 보이는 부잣집 대문을 두드렸더니 하인이 나왔다. "지나가던 나그넨데 남은 밥 있으면 한술만 주슈?" 하인은 안채로 가서 주인마님에게 이를 알렸다. 잠시 후 하인이 나와서 밥 한 그릇을 김삿갓의 바가지에 퍼준다. "옜수. 실컷 드슈." 마을 어귀 스무나무 아래 자리를 잡은 김삿갓이 드디어 한 숟가락을 뜨는데 이럴 수가 쉰내가 코를 찌른다. 서럽기도 하고 그 인심 참 고약하다 싶기도 한 김삿갓이 밥을 땅에 묻고는 붓을 들어 시를 한 수 적는다. 그게 바로 「이십수하(二十樹下)」다. 그럼 읽어보자.

二十樹下三十客(이십수하삼십객)
四十家中五十食(사십가중오십식)

人間豈有七十事(인간개유칠십사)
不如歸家三十食(불여귀가삼십식)

　한자가 아닌 우리말로 읽어야 뜻이 통한다. '이십수하'
는 '스무나무 아래'이고 '삼십객'은 '삼십=설운(서러운,
서른) 나그네'가 되겠다. '사십가중'은 '사십=망할(마흔)
집안에서'요 '오십식'은 '오십=쉰 밥을 먹네'가 되겠다.
'인간개유'는 '개 같은 인간이 있나'로 읽어도 되겠고, '칠
십사'는 '칠십=이런(일흔) 일'이 되겠다. '불여귀가'는 '차
라리 집으로 돌아가'요 '삼십식'은 '삼십=선(서른) 밥이
나 먹자'가 되겠다. 정리하면 이런 얘기다.

　스무나무 아래 서러운 나그네에게
　망할 집구석에서 쉰밥을 주는구나
　개 같은 세상 어찌 이런 일이 있는가
　차라리 집으로 돌아가 설익은 밥이나 먹겠네

　전국을 방랑하며 서민 등쳐먹는 관리며 양반이며 이놈
저놈과 좌충우돌하고 동가식서가숙(東家食西家宿)하며
길 위에서 촌철살인(寸鐵殺人)과 마부착침(磨斧作針)의
시를 풀어놓았으니, 풍자와 해학으로 한 시대를 실컷 조
롱했던 것이니, 조선 시력(詩歷)에서 마침내 시선(詩仙)의
반열에 올랐음은 물론이고, 그의 삶과 시는 신화(神話)가

되었겠다.

그나저나 최관용의 시 얘기를 한다면서 요셉 보이스와 백남준과 김선달의 시 얘기를 늘어놓은 이유는 뭘까. 당연히 최관용의 시에서 요셉 보이스와 백남준 그리고 김선달을 느꼈다는 얘기겠다. 촌철살인과 마부작침, 풍자와 해학과 조롱. 최관용 시인의 시가 그렇다는 얘기겠다. 최관용의 시가 현재 서 있는 지점이란 얘기겠다. 물론 '나는 그렇게 읽었다'는 얘기다.

처음에는 "귀신 詩나락이나 까는"(「詩지프스의 침대」) 우스갯소리처럼 들렸는데, 아니었다. 최관용의 시는 오히려 벼리고 벼린 칼날 같은 불립문자(不立文字)였다. 서슬 퍼런 날에 베일지도 모르니 조심 또 조심해야 한다.

바다 건너 저 일본의 명문 사립대학 중 하나인 게이오기주쿠대학교(일명 게이오대학교)의 문장(紋章)에는 이런 문구가 쓰여 있다. "깔라무스 글라디오 포르띠오르"(CALAMUS GLADIO FORTIOR). 우리말로 풀면 "펜(말)은 칼보다 강하다"(The pen is mightier than the sword)라는 말이다. 청맹과니 시인들은 무슨 귀신 씨나락 까먹는 소리냐고 할지도 모르겠다. 최관용의 시가 그렇다는 얘기다. 깔라무스 글라디오 포르띠오르!

"시실리가 詩失里이든 時失里이든 나는 너무 오랫동안 그 곳에 갇혀 있었는데 / 언제부턴가 아주 詩詩하거나 無詩詩한 꿈들을 꾸곤 했었는데 / 이제 그 꿈들조차 詩들해졌는데 / 모든 것이 詩큰둥하고 모든 것이 詩답잖고 또 모든 것이 屎詩해질 무렵 / 나는 이제야 詩遠하다 詩發"(졸시,「시실리」전문)

시는 무엇인가? 물으면 놀랍게도 시는 어느새 사라지고 없다. 시가 무어냐 묻기 전에는 어떤 형태로든 분명 존재하지만, 질문과 동시에 사라지는 것이니 시는 귀신같은 존재다. 덧붙이자면 시는 특정한 형태로 존재하지 않는다. 그렇다면 시를 짓는 행위 주체인 시인은 귀신을 부리는 사람이란 뜻인가? 그렇다. 시를 짓는다는 것은 소위 귀신을 부린다는 것이다. 달걀귀신은 달걀 형태의 그릇이라야 부려 담을 수 있고, 몽달귀신은 처녀를 닮은 그릇이라야 부려 담을 수 있고, 빗자루 귀신은 쓰레받기 형태의 그릇이라야 부려 담을 수 있는 법이다. 쓰면 쓸수록 이야기를 하면 할수록 가관이다. 나는 지금 정말로 시평을 쓰고 있는 게 맞나? 귀신에라도 홀린 건가? 그럴지도 모르겠다. 최관용이라는 몽달귀신에게, 현대판 봉이 김선달에게 홀려도 단단히 홀린 모양이다.

냉수 한 사발 들이켜고 왔으니, 정신을 좀 차린 듯하니,
이제 본격적으로 그의 시편들을 살펴보자.

> 땅거미가 몰려올 무렵 그는
> 골목 어귀에서 어슬렁거리다가
> 이애앵~. 눈앞에 알짱거리는
> 깔따귀 사마귀 까마귀
> 당나귀 잎사귀 뼈다귀
> 모귀 방귀에게 최면을 건다.
> 괴상한 詩詩께끼 내서
> 맞추지 못하고
> 귀신 詩나락이나 까는 잡귀들
> 모두 잡아다가 침대에 뉘여놓고
> 색詩나 詩녀로 삼는다.
> 詩꺼멓고 음흉한 털로
> 웃음의 속살 간지르며
> 비명 지르게 한다.
> ─ 「詩지프스의 침대」 전문

봐라. 내 말이 맞지 않는가. 최관용 시인은 지금 詩라는
온갖 잡귀들을 잡아다가 교묘하게 부려먹고 있지 않는가.
그런데 잔머리의 대왕 시지프스(Sisyphos, 시시포스)와

179

날강도 프로크루테스(Procrutes)의 침대를 변용해서 제목을 '詩지프스의 침대'라고 붙인 것쯤이야 시를 쓴다고 하는 자라면 모를 리 없을 테지만, 정작 최관용 시인이 시정(市井)의 잡배(雜輩) 같은 시인들을 싸잡아 비꼬고 있는 줄은 아려나 모르려나. 소위 문단이라는 詩場에서 되도 않는 詩를 팔고 있는 청맹과니 詩팔이들을 싸잡아서 詩詩께끼 같은 말로 비꼬는 중이란 것을 말이다. 다음의 시를 읽으면 눈치를 좀 채려나.

컹컹컹컹컹컹컹
컹컹컹컹컹컹컹
컹컹컹컹컹컹컹
으르렁컹컹컹컹
— 「새1」 전문

詩커먼 털로
뒤덮인

무골의 시詩미
칼있수마가 없다.

서슬이 詩퍼렇던

詩니칼엔

칼날은 무두질로 없어지고
퇴화한 손잡이만 남아 있다.
―「새4」 전문

　최관용은 새가 "컹컹컹" 울다가 끝내 "으르렁컹컹" 운
다고 한다. 더 나아가 새를 일컬어 "詩커먼 털로 뒤덮인
// 무골의 사詩미"라고 명명한다. 이쯤 되면 눈치를 챘겠
지만 (아직도 눈치를 못 챘다면 정말 문제다.) 최관용은
끊임없이 익숙한(편리한) 언어를 부수고 낯선(불편한) 언
어를 전략적으로 차용한다. 혹은 그 반대이거나. 결과적
으로 (보드리야르의 개념을 최관용의 방식으로 말하자
면) 최관용이 빚고 있는 낯설고 불편한 '詩니피앙'은 당연
히 그보다 더 낯설고 그보다 더 불편한 '詩니피에'를 그려
낸다. 그러니 그의 시를 읽어내려 할수록 "감詩의 눈들은
/ 장님이 된다"는 그의 말에 승복하지 않을 수 없다. 당신
이나 나나 "눈 부詩게 빛나는 / 각詩가詩꽃"을 볼 수 없
다면 청맹과니가 맞다. 그렇다고 지레 겁을 먹거나 서둘
러 포기할 필요는 없다. 다음 시를 보라.

내가 여러분이 되어

위로해줄게.

(중략)

이제부터는

내가 네가 되고

또 여러분이 되어

너에게 채찍 휘두르고

모두 쓰러져 잠든 세상 위해

눈사태 되어 고이 덮어줄게.

장송곡이라도 불러줄게.

여러분 색詩 되어

넋이라도 달래줄게.

눈물 흘려줄게.

— 「내가 여러분 되어」 부분

의외로 그는 순진하고 친절하기까지 하다. "내가 여러
분이 되어 / 위로해" 주고 "내가 친구 되어" 주겠다 하지
않은가. 그뿐인가. "눈물(까지도) 흘려"(「내가 여러분 되
어」) 주겠다고 한다. (이미 눈치를 챘겠지만) 물론 이런
달콤한 속삭임에도 눈속임이 있으니, 위로해주는 척하면
서 비틀고 있는 것이니, 그의 시를 읽을 때는 조심 또 조심
해야한다.

거詩기의
칼있수마는 언제나
물렁물렁하다.
클래스 올덴버그의
작품처럼
흐느적거린다.
뼈가 없어서
억詩지 않다. 보드랍다.
야들야들하다.
보드리야르해서
털북숭이의
사詩미로
야들야들한 살코기
무두질하기는커녕
헐리우드 액션으로
잠자는 척하는
사자의 詩체
詩커먼 수염만
건드려놓는다.
책임을 질 것도 아니면서
오르가슴의 색詩
강詩처럼
벌떡벌떡 일어나게 한다.
— 「부드러운 칼」 전문

다시 말하지만 최관용 시인의 '詩니피앙'은 분명 (어떤 이에게는) 낯설고 불편하다. 그 안에 담긴 '詩니피에'는 더더욱 그렇다. 그가 "칼있수마"(이미지)로 명명한 그의 '詩니피앙'에 담긴 '詩니피에'(의미)는 교묘하게 미끄러져서, 그의 말대로라면 올덴버그의 작품들처럼 "물렁물렁" 하고 "흐느적거리"고, "뼈가 없"고 "억詩지 않"고, "보드랍"고 "야들야들"한데, 참 묘하게 미끄러져서 도무지 뭔 소린지 알 수가 없다. 어쩌면 그는 (클래스 올덴버그의 말을 변용하자면) "삶만큼이나 무겁고 거칠고 적나라하며 또 달콤하고 어리석은 詩를 표방"하고 있는지도 모르겠다. 그러니 억지 해석보다는 몸으로 받아들일 수밖에. 그러다 문득 그의 '詩니피앙'이 나의 교감신경을 건드려 "색詩의 오르가슴"이 나를 벌떡 일어나게 할지도 모를 일. 허니 조금만 더 읽어 보자.

난데없이 하늘에서 떨어진 콜라병 때문에 혼란을 겪었던 원詩 부족 부詩맨에게 이번엔 접詩를 건네준다면 과연 詩여서 못 먹을 포도를 담을 수 있을까요? 아랫입술을 뚫어 접詩를 끼우는 에티오피아의 무르詩족처럼 접詩를 입술에 끼우지는 않을까요?
　　―「접詩 부족」 전문

모두가 볼 수 있는

풍경 사진을

달력처럼

벽에 걸어놓고

밀림의 햇살에

숨은그림으로

감춰놓은

거웃 같은 추억들

혼자서만

보고 또 본다.

가詩광선 너머

왁싱을 한 낙서처럼

가詩 넝쿨 사이로

부詩詩 눈 부詩게 핀

한 떨기 장미를.

　　―「詩크릿 가든」 전문

"난데없이 하늘에서 떨어진 콜라병"을 신의 물건이라 생각하는 아프리카 칼라하리의 부詩맨을 안들 모른들 상관없다. "아랫입술을 뚫어 접詩를 끼"워서 아름다움을 뽐내는 에티오피아의 무르詩족 여인을 알든 모르든 상관없다. 문제는 과연 당신이 접시(接詩)를 하느냐 못 하느냐에 달렸을 뿐이다. 詩는 侍다. 그러니 시를 모시지 못 하는 게 문제일 뿐이다. 이런 얘기를 하고 싶은 것은 아닐까. 최관용의 '詩니피앙'은 그렇게 또 교묘히 미끄러진다.

그러면서 이번에는 안데르센의 동화「벌거벗은 임금님」을 '詩니피에'로 슬그머니 끼어 넣는다. 벌거벗은 임금님의 "詩커먼 가詩털 사이로" "부詩詩 눈 부詩게 핀" "한 떨기 장미"를 볼 수 있냐고, 보이냐고 묻는다.

그렇다면 최관용 시인은 도대체 왜 이런 교묘한 시 쓰기 전략을 사용하는 것일까. 이제는 그것이 알고 싶다. 그의 속마음이야 어찌 알겠는가. 단지 그의 시에 드러난 표징들로 약간이나마 가늠해볼 수밖에.

이순耳順이 가까워서야
내 뒷모습을 보다니 다행인가?
(중략)
보려 해도 볼 수 없었던 내 뒤통수.
누군가 수없이 던진 짱돌에 맞아
달 뒤에 감춰진 분화구들처럼
흉측하게 남아 있는 영광의 상처들.
내가 앞만 보고 있을 때

뒤에서 돌을 던진
비겁한 사람들의 비석이
내 뒤통수에
공동묘지를 이루고 있다.
―「뒤통수」부분

서리 맞아
詩들詩들해진
0감으로 맞이하는
혼자만의 설은
설움도 아니니
아쉬워 말아라.
아웅다웅
투혼으로 싸우다가
2혼으로 헤어지느니
고독한 갈대 되어
혼자도 아닌 0혼이 되어
눈 부詩게 빛나는
서걱이는 햇살처럼
장렬하게 나부끼라.
―「0혼」부분

나는 최관용 시인이 언제부터 시를 썼고 언제부터 시에 빠졌는지 모른다. 그가 시와 함께, 시를 위해, 어떻게 시를 살아냈는지 모른다. 다만 "이순耳順이 가까워서야" 비로소 자신의 詩가 서 있는 자리가 어딘지를, "뒤에서 돌을 던진 / 비겁한 사람들의 비석이 / 내 뒤통수에 / 공동묘지를 이루고 있다"는 것을 알게 되었다는 최관용 시인의 고백을 통해 그간의 분투가 무척 고단했겠구나, 약간을 가늠할 따름이다.

뒤에서 수없이 던져대는 돌에도 불구하고 그런 따위 "설움도 아니"라며 "텅 빈 0혼으로 노래"하고 "눈 부詩게 빛나는 / 햇살을 연주하"고 "서걱이는 바람처럼 / 춤을 추"겠다는 시인의 다짐을 통해 그가 어떻게 시를 쓰고 있는지, 시를 살아내고 있는지 그 약간을 가늠할 따름이다. 한편 최관용 시인은 앞으로 세울 자신의 묘비(헤드스톤)를 이렇게 묘사한다. 이는 앞으로 그가 어떻게 시를 살아낼 것인지를 암시하는 것일 수도 있겠다.

詩씨의 돌이 있어요.
그 돌은 보통 돌이 아니지요.
반짝반짝 눈 부詩게
해골이 뱅뱅~. 물레방아처럼 뱅뱅뱅~.
정신없이 돌고 돌아 돌아이의

헤드스톤이라니까요.

ㅍㅎㅎ.
왜 웃으세요?
남은 진짜로 심각하게
인상 드럽게 쓰며 말하는데요.
詩도 때도 없이 웃어대는
사람들 말만 듣고
詩가의 말을 무詩하고
말에 재갈을 물리고 단칼에
말의 사지마저 베어버리니~.

그게 억울하고 분해
詩냇가에 나가 짱돌로
자기 머리 쪼아 피를 흘려가며
미친놈처럼 우는데요.
그러자 사람들 또
득달같이 달려와
단칼로 미쳐서 날뛰는
詩팔詩발의 양쪽을
모두 베어버리는데요.
병신으로 만들어버리는데요.

그게 너무 슬퍼서 또

詩냇가에 나가
미늘 없는 낚詩 던져놓고
날아가는 새의 거詩기나 보며
실실 웃음 쪼개는 것인데요.
개詩발. 그런데요.
詩씨의 돌이 그냥 돌이 아니고
옥이라는 걸
누가 머 알아줘야 말이지요?
　　　—「詩씨의 돌」 전문

　"왜 우스우세요?"라는 말은 결국 "나의 시는 누구에게
는 우스웠거나 누구에게는 무서웠을 것"이라는 자조일
터. 그게 아니라면 詩가 "屎(똥)"된 세상에서, 똥과 된장
을 구분하지 못하는 인간들에게 병신 취급을 당하고 "개
무詩"를 당하다가 가지만, 자신의 시가 옥(玉)인지 돌
(石)인지 알아주든 말든 상관하지 않겠지만, 자신이 죽고
나서도 여전히 詩상은 어지럽게 난분분할 것이라는 일종
의 경고 아니겠는가. 그가 앞으로 지어낼 시가 더욱 毒해
지고 그의 '詩니피앙'은 더욱 교묘해질 듯싶다. 아니 그러
길 바란다.

꽃은 詩앗을 품으며 피어난다.
詩앗을 배지 못하면 꽃은
금방 詩들詩들해진다.
꽃이 아름다운 것은
까닭이 데미안의 알을 깨고
꽃끼오오 하고 피어나듯
詩앗의 껍질을
벗어내야 비로소
깨어나기 때문이다.
— 「까닭」 전문

　　좌충우돌 그야말로 말도 안 되는 말로 최관용 형의 시
편들을 읽고 말았다. 詩퍼런 칼날 같고, 詩크하지만 詩원
한 형의 시를 형편없이 읽었으니, 詩다 못해 쉬어버린 詩
평이었으니 비겁하지만 詩답잖은 답시(答詩)로 마무리해
야겠다. 시의 제목은 '데詩안'이다. 시의 제목이 '데詩안'
인 '까닭'은 당연히 눈치 채셨을 줄 믿는다.

　　"詩는 詩不알을 깨고 나온다. 詩不알은 죽은 詩의 세계
다. 태어나려는 자는 죽은 詩계를 파괴해야 한다. 詩는 新
을 향해 날아간다. 그 신의 이름은 아브락색詩다." 끝

달아실시선 58

아빠는 밥빠 그래서 나빠

1판 1쇄 발행	2022년 8월 30일
지은이	최관용
발행인	윤미소
발행처	(주)달아실출판사
책임편집	박제영
디자인	전형근
법률자문	김용진
주소	강원도 춘천시 춘천로 257, 2층
전화	033-241-7661
팩스	033-241-7662
이메일	dalasilmoongo@naver.com
출판등록	2016년 12월 30일 제494호

ⓒ 최관용, 2022
ISBN: 979-11-91668-49-0 (03810)